동해와 만나는 여섯 번째 길

동해와 만나는 여섯 번째 길

이 도서의 국립중앙도서관 출판시도서목록(CIP)은 e-CIP 홈페이지
(http://www.nl.go.kr/ecip)에서 이용하실 수 있습니다.
(CIP 제어번호 : CIP2011004343)

동해와 만나는 여섯 번째 길

2011년 10월 11일 초판 1쇄 인쇄
2011년 10월 21일 초판 1쇄 발행

지은이 | 손정순
펴낸이 | 孫貞順
펴낸곳 | 도서출판 작가
　　　　서울 서대문구 북아현3동 1-1278 (우120-866)
　　　　전화 | 365-8111~2　팩스 | 365-8110
　　　　이메일 | morebook@morebook.co.kr
　　　　홈페이지 | www.morebook.co.kr
　　　　등록번호 | 제13-630호(2000. 2. 9.)

편집 | 김이하 손희 김하나
디자인 | 오경은
영업 | 손원대
관리 | 이용승

ISBN 978-89-94815-11-4 (03810)

* 이 시집은 한국문화예술위원회의 창작지원금을 수혜하였습니다.

값 9,000원

동해와 만나는 여섯 번째 길

손정순 시집

작가

■ 시인의 말

　　사람의 길을 버리고 내 마음의 풍경을 따라 길을 나선 지 이십
년이 지났다. 그림을 다시 그리겠다고 바라보이는 풍경과 보이
지 않는 풍경 사이에서 경건한 자연을 많이 모독하기도 했으며,
그것도 버리고 스스로 초월한 척해 보려고 절간을 헤매 다녔다.

　　버려진 풍경 속에서 언제나 혼자였던 나는 결국 들풀처럼 질
긴 생명력도, 삶의 강인함도 되찾지 못한 채 삶의 제자리로 돌아
오고 말았다.

　　이십 대의 그 끝없는 외로움과 방황 속에서 내게 유일한 희망
을 주었던 詩! 그럼에도 시간의 오랏줄에 묶여 게을렀다. 등단한
지 십 년 세월만에 묶어내는 이 시집 속에는 바로 서기 위해 흔
들렸던 내 젊은 날이 고스란하다.

　　오늘도 내 마음의 풍경, 그 이미저리를 좇아 나는 길을 떠난
다. 이 길 떠남이, 또한 다시 돌아올 수밖에 없는 현실의 삶과 그
속의 비루한 것들이 나에게 시를 쓰게 하는 원천인 것 같다. 나
의 삶이 끝나는 그날까지 이 외롭고 행복한 시 쓰기는 해답 없는
질문처럼 이어질 것이다.

2011년 10월, 북아현동에서

손정순

차례

제1부
눈멀고 귀 먼 사랑

존재

裸木 끝에 끝끝내 매달린 枯葉 하나, 무성했던 지난날
과 흔들리는 그대 이름 불러준다

동해와 만나는 여섯 번째 길

가곡佳谷은 골짜기 골짜기마다에 이름 어울리는 문패를
매달고 지도에도 없는 바람소리 물소리 실어 나른다 여행
지 어느 안내판에도 적혀 있지 않은 저 단풍! 계곡의 아름
다움 직접 제 눈으로 마주치게 한다 마음으로만 밟고 오
르라고 온통 불붙는 절벽 사이 비집고 지나가면 너머가
풍곡風谷일까 한줄기 바람이 골짜기 아래까지 서늘한 생
각 잇대 놓는다

길은 이곳에서 저곳으로 이어지는 생의 한 이동일까 무
얼 만나려 우리 그 풍경 위에 서는가 이 길 다 벗어나 어
느 굽이에 또 불붙는 절경 만들며 우리 삶의 한 구비 접게
되는지, 아득하므로 꼬리만 끊어놓고 사는지 어느새 사곡
蛇谷, 차가 뱀꼬리 물고 돌아서자 갑자기 여섯 번째 길 끝
동해와 마주친다 그 바다 또한 해답 없는 질문처럼 아득
하게 펼쳐져 있다

변산 지나며

어깨를 툭 치고 날아오르는 바닷바람이 당신의 낡은 통기타줄 위에 모로 눕는다 모래 사막을 묵묵히 짚어가는 당신의 굳은 손가락, 오른편 엄지 끝에 티눈처럼 박힌 푸른 등이 낮게 울먹거린다 언제 생겼을까, 불에 데인 상처가 또렷해지는 저편, 노을지는 채석강은 당신의 수화처럼 마음 바닥을 자꾸만 밀어낸다 바람 앞에 선 당신의 몸이 차다

읍성의 햇살이 맨살을 태운다 툭, 툭, 나뭇잎 위에 내려앉은 금빛 부스러기들을 차내며 느티나무 밑을 걷는다 읍성 매표소를 지나 가죽 가방을 둘러멘 당신이 햇살 속에 까맣게 사라져가고
동백꽃 진다, 무너져 내리는 저녁 풍경들 낙타의 굽은 등처럼 휘어지면

길들이 말없이 지워지는 소리

그 여름, 三溪里

革命을 꿈꾸던 곳이 어디인가
한나절을 절뚝이며 당도한
저 쨍쨍한 햇빛 속의 죽음들이 한번쯤 멈춰서는 계곡
어느 순례자가 지나가는 구름 한 점 달랑 붙들어 매놓
은 듯
새하얀 나무 십자가
그 언덕 아래로 마구 쏟아져 내려오는 말씀과 풍금소리
쾅, 쾅, 등줄기에 내리꽂혀 따갑던,
문득 문득 온몸 싸늘해지던 첫사랑!
그 덜컹대던 비포장도로를 둘둘 말아서
이제, 계곡에 놓아 버린다

낡은 필름을 돌린다, 방아깨비 한 마리 밀밭에서 보리
밭으로, 보리밭에서 수수밭으로 뜀박질하고 밤이 되면 무
덤 속으로 기어들어와 책방아를 찧는다 레닌을 사랑하다
그를 배반하고, 엥겔스와 입 맞추다 등소평과 사랑을 한
다 까뮈에게 연정을 품다 사르트르를 옹호하고, 백범 김
구 선생께 몇 번씩 절하다 어느새 체 게바라 품속에서 잠
든 당신

하룻밤 수없이 좌절하고 변절하면서도 세상을 향해 내던지는 저 찬란한 폭포수! 맨바닥에 부딪쳐야 다시 되돌아오는 절규 같은, 그 여름날 왕매미 울음소리도 먼 천국에서 들리는 듯하다

낡은 필름을 돌린다, 다시
책 무덤 속에서 한세상 혁명을 꿈꾸었고
광장에서,
반기지 않는 고향 깊은 골짜기로 숨었다가, 독방으로
군대로 끌려간 청춘이었지만
내 사랑 당신, 아직도 잔치 끝난 그 三溪 아래 이끼를
뒤집어쓰고
한참이나 눈멀고 귀 먼 사랑을 한다

저녁, 장호항

잘린 산모퉁이가 푸른 바다로 이어지고 비탈길 아래,
오종종한 포구로 쫑쫑쫑 작은 주둥이 갖다 대며 몇 척 동
력선이 와 닿고, 방파제 이쪽의 갇힌 바닷물 그립다, 그립
다, 꼬리치며 흔들어 댄다 내 못다 지핀 사랑, 석양은 거
친 파도를 타고 몰려와 모래톱 간질이고 저물녘 안개뭉치
는 집들과 나무들 순한 어깨 핥으며, 산등성이와 전봇대
를 스치며 멀어져간다 멀리 똑딱선 소리가 빨갛게 울려
퍼지면 흐릿한 안개 속에서 서서히 항구를 가로지르는 임
해 7번국도, 그 옆구리에 매단 낯선 지명의 문패가 우리
몸이 통과할 수 없는 內面 속으로 이끌고 간다

입춘

얼음 두께를 깨고 봄이 온다
깊은 산 절집으로,
정상의 하얀 눈 머리에 이고
입춘날 祭 지내러 오는 사람들
三災가 깊어서 태워야 할 것들도 많겠지?
벗나무 옆에 누가 눈사람을 만들어 놓고 갔다
머리도 형체도 없어진 몸통뿐인 사람이
죄 많은 사람의 안부를 묻는다
봄이 오면 다 녹아내려 그 죄도
마침내 맑은 계곡물이 될까
군데군데 흙빛만 그리움처럼 부여안은
벗나무 앙상한 가지
수만 꽃망울 소망처럼 매달고
활짝 꽃피었으면

복사꽃 진자리

책을 덮고 서창 들녘으로 나가
홀로 터지는 복사꽃망울에 잠시 황홀해진다
꽃향기 속에 사월이 은밀하게 숨어들었다
그대 잠들었으니 나 또한 흔들지도 깨우지도 말라
저희들끼리 수런대는 수천의 밀어로
복사꽃은 피었다 지고,
어느새 풍경처럼 나타났다 사라져가는
내 사랑, 수배자의 향기!
꿈속에서도 비켜갈 수 없다면
당당하게 죄짓고
붉은 원죄의 꽃향기로 열매 맺으리

어느새 저문 복사꽃 가지 끝에서
아기별똥들이 다투어 피어난다.

청령포 부근

강바람이 건너편 솔숲의 푸른 옷깃을 날린다 솔향기 뿌리며 안개 속에 몸 사리는 구월 어스름, 휘돌아 우는 청령포의 강물로 당신은 푸르고 찬 청포를 입은 채 뛰어들었다 솔숲 바위틈 사이로 어느새 별이 뜨고, 다시 새겨질 때마다 출렁이는 달빛 은어떼 꼬리치며 몰려오고, 숨었던 푸른 별 내 안으로 밀려와 둥지를 튼다, 어스름 깊어질수록 그 별, 빛난다 갈갈이 찢어진 내 속살에 붉게 피어나는 상사화 한 송이

온종일 마음 보채던 어린 단종은 다시 푸른 솔 장릉으로 돌아가 눕고, 나는 휑한 유배지에 홀로 남아 푸른 별 몇 개를 꺼내 놓는다 검은 강바람 속 감나무 가지 사이, 홍등을 내다걸고 눈이 시리도록 먼 산 너머 너머로 빛나는, 그리운 불빛 하나 바라본다

방태산芳台山

백두대간에 걸친 불꽃 긴 터널이다 어린단풍을 껴안고
웃던 당신의 환한 덧니 보인다 여린 바람에도 간혹 흔들
리며 손짓하는 환영, 오랜 가뭄과 고온을 견디며 점점 가
늘어지다 휘어지고 어느새 산꾼이 남긴 길도 지워버린다
　이런, 끝물이 길을 끊어놓다니! 깃대봉은 아직 보이지
않고 늦가을비 등에 진 몽상가 몇이 으싸으싸 지도에도
없는 다람쥐길 좇는다

　산다는 것은 이 산에서 저 산으로 불붙는 한 그리움일
까? 무얼 찾으려 우린 푯말뿐인 깃대봉에 올랐는가 저 난
간 다 오르면 또 어느 암석에 불타는 슬픔 매달아 삶의 한
고비 넘게 될는지,
　망설이다 절뚝이다 한숨 쉬다 그만 덜커덩 놓쳐버린 다
람쥐길, 몽상가들은 계곡물 속에 갇혀 버렸네 모바일도
완전히 숨죽인 이곳 '조난 신고' 문자메시지도 이미 송신
할 수 없다 애써 호흡 가다듬고 끊었던 담뱃불 댕긴다 침
묵 내뿜을수록 야전등의 불빛은 흐려지고, 남은 그리움도
하얗게 타버리는데 순간 정적을 깨며 한줄기 불빛이 단풍
잎을 찢는다 컹, 컹, 컹, 끝물 진 방태산으로 홀라당 혼을
놓친 첫 산행.

사패능선

선조임금이 딸 정휘옹주에게 하사했다는 바위산이다
매표소 통과하자 어깨 위로 흔들리는 바람꽃 요란하다 눈
꽃 풍경에 이끌려 야윈 달과 버려진 고양이가 지나간 돌
계단을 밟는다

범골능선 갈림길 접어들자 흰 눈 뒤집어쓰고 따라오는
사패산 줄기, 그 초입에서 서늘한 그대 등허리를 더듬는
다 저 커다란 바위봉우리는 도봉산에서 쉬엄쉬엄 내려오
다 용트림하듯 불쑥 솟았겠지, 앞서거니 뒤서거니 하던
일행들 바람막이 바위 뒤에 모여 옹기종기 밥 먹는다, 담
배 문다, 문자 보낸다, 스스로에게도 수신되지 않는 쓸쓸
함, 가뭄으로 바짝 마른 낙엽 같다 아이젠에 무참히 짓밟
히면서도 미련처럼 남아 버석거리는 집요함이여! 양지 쪽
산자락에는 벌써 새순 올라오는데 그늘진 마음 자락에는
눈얼음 작은 氷山 이루었다

애써 내려오는 길, 산 그림자 드리운 주막에는 임방울
의 소리가 잦아드는데 그 서늘한 눈빛은 아직도 누굴 기
다리나! 400년 묵은 회화나무 한 그루 개울가에 서성이며
떨고 있다

갈대

비무장지대를 촬영한 세트장이 있다는
갈대 무성한 그 강 하구까지 달려간다
지도로 거듭 확인했건만 갈대밭은 없다

벌써 어둑어둑 땅거미 깃들고 날 저무는데
그곳으로 간다한들 어둠속에 서걱대는
온전한 갈대 모습 볼 수 있을는지

듬성듬성 강가에 서 있는 물풀 사이로
어디서 날아왔는지 검둥오리떼
한가롭게 석양 속 자맥질한다

솟구칠 때마다 수면에 이는 여린 파문이
마음속 갈대까지 환하게 무늬지게 하는

겨울, 독산

혼자 끝없이 걷는다거나 송두리째
겨울바다에 잠그는 생각은
다 버리고 비워낸 한겨울 폭설로도
낚아채지 못하는 그리움 때문이다
끝없이 드러누운 저 순백의 백사장,
멀고 가까웠던 것들, 바다새 발자국처럼
그대의 이름도 쓸쓸하게 밟힌다
썰물이 다 빠져나간 갯벌의 결
마음바닥 주름 접는 무늬처럼 조금씩 또렷해지지만,
세월 더 지나면 송두리째 지워질 수 있을까
갑자기 모래 바람에 눈이 아파온다
이 어스름 시간에 아직도 할 말 남았다고
무인 등대 밑에 앉아 볼펜을 긁적이는 것은
숨어서 아름다운 이 바다의 풍경 모독하는 일,
아니면 오래도록 바라보기나 할까
푸른 파도처럼 흰 눈썹 위로 세월 묻히고
수평선 저 멀리로 날아가는 바닷새,
서서히 사라지는 그대의 실루엣
이 밤바다를 오래 기억한다

개골산 진경

수직구도다, 적묵법積墨法이다! 지나온 길 싹둑 잘라 화첩으로 묶는다

손아귀 사이로 발갛게 번지는 솜꽃 눈물, 움켜쥐면 쥘수록 빠져나가는 당신, 신기루다 빈 소주병에 꽃불 피우던,

지나온 모든 길도 문득 보이다 불현듯 사라지기도 했으리라 점점 매서운 눈보라 화폭을 찢자 층층 겹겹 덧칠한 기봉과 암벽들 울컥한 기운으로 치솟았다 순간 아홉 마리의 용이 꿈틀, 한다 폭설은 집요하게 덧칠을 뭉개고 질풍노도의 기세로 금강사군첩을 허문다 산세 초본이 기우뚱, 한다 기우뚱하는 것은 저 설봉 아니라 내 비루함이다

그 신기루 다 메우느라 상팔담 저 물속까지 눈꽃 반짝거리며 여행객 무더기로 주저앉힌다 바닥 쳤던 힘으로 솟아오르는지, 침묵의 시간 잠시 비껴선 팔담소엔 나뭇군의 눈망울이 유난히 시리다

동해 가는 길

길 위의 어디에도 나는 없을 때
미시령 이고 온 바람이 온몸에 둥지를 튼다
바람 속에서도 그림자꽃 피어나
죽은 고사목 입 안으로 거미줄처럼 출렁이는
파도 소리 듣는다

바다는 늘, 저렇게 멀리서 누워있구나

강촌역 지날 때
물에 어린 불빛처럼 떠밀려온 동해
잊혀진 자의 휘파람 소리가 들리고
산맥을 향해 진군해오는 푸른 군복의 물결들
소나무 그림자는 늘 저의 빈곳에 나를 세운다

그리운 사람이 낮은 파도소리로 흐느끼는 대진항
그 집어등 불빛 아래 쪼그리고 앉아 그물코를 꿰는
바다도 느리게 몸을 뒤척일까

제2부
여전히 긴긴 흐름이 있다

황사 바람

아주 작은 벌레들이 공중에 가득 떠 있다

어디서 날아왔을까, 풍경을 갉아먹고 있다

앞산은 통째로 뭉개져 윤곽마저 뿌연데

그 진흙 속에 머리를 파묻고 선 전봇대들

바야흐로 봄 세상이 모두 뜯어먹히고 있다

자꾸만 내 몸 안으로 꾸물거리는 벌레들

그래도 저 시계視界 너머

파랗게 몸 추스리고 섰을 꼿꼿한 산

힘든 봄 건너는 기차가 이제 막, 와운리 지난다

개심사 거울못

단풍으로 겉옷 걸친 백제 코끼리 한 마리 쓸쓸히 웅크린 발치 아래 개심사 경지鏡池, 여우비 오듯 낙엽들 수수거린다 마음 주렴으로 걸러내면 잎 다 떨군 굴참 몇 그루도 알몸으로, 거울에 제 모습 비추고 섰다 조각 연잎들 하늘 향해 퍼런 손바닥 펼치자 흰 구름 그 위에 내려앉고 푸르게 걸친 정방형의 연못 속으로 우듬지 끝끝까지 아롱대며 감나무 한 그루 하늘의 환한 저 연등들 쳐다본다 나 그 등불 받쳐들고 절반으로 허리 자른 아주 옛날의 나무다리 건너 상왕산象王山 임금코끼리 등허리에 올라타 하늘문 두드리고 싶다 순간 부르릉, 정적을 깨며 오토바이 탄 우체부 몇 십리 숨차게 달려온 듯 툴툴툴 멎으며 세상 소식 듣고 막 절문으로 들어선다

봄눈 내리는 밤

봄눈에 마음 푹푹 빠지며 초생달과 바구지꽃과 짝새와 당나귀*가 함께 밟고 간 사랑의 길을 따라간다, 백석의 연인 자야가 시주했다는 절 한 채, 길상사 초입에서 가난하고 외롭고 높고 쓸쓸한* 시인의 사랑을 생각한다

봄눈 내리는 밤, 청루에는 가객들마저 돌아가고, 계면조로 읊조리던 가야금마저 잦아들면, 눈빛이 아직도 창밖에 환했던가

아무것도 남긴 것 없는 나는 백석의 자야가 살짝 바람에 스쳐도 눈물이 난다, 마리아를 닮은 미륵부처는 봄밤에도 대웅전 앞마당에 나와 서성이고, 흰 바람벽* 마주할 내 사랑 생각하니 더더욱 눈물 나는데, 저 실개울 건너 요사채에서 잠든 비구니도 눈 내리는 이 밤, 아찔한 봄꿈 꿀까?

* 백석의 詩 「흰 바람벽이 있어」에서.

마량포구

그리움의 길 트자면 땅끝까지 가야만 한다
바닷가 애기무덤 끼고 몇십 리는 더 가야 한다
가도 가도 꼬리 감추는 굽이굽이 해안선

멸치덕장엔 을씨년스런 바람만 불고
너덜거리는 민박집 간판 사이로
바다를 끌어안았던 철지난 그물만 널려 있다
서로 부대끼면서 펄럭이다 만 햇살!
내 젖은 상심 꺼내 저 건조대에 말릴 수 있다면,
그 생각 너머로 까마득히 솟아오른 구의 갈매기 떼
우수수 청죽靑竹잎 지듯 바다로 떨어진다
어망에서 잽싸게 떼어낸 전어 한 마리가
팔딱팔딱 고추를 내민 꼬맹이처럼 뜀박질할 때
어느새 포구는 은빛 불똥 조각 속에 잠기는지,
사람 없는 등대가 그 빛살 받아 희게 빛난다

그대 정말 한 사람 그리워 울어본 적 있는가?
모두들 홀연히 떠나간 그 자리에
한 계절 앞서 이른 꽃망울 터뜨린 오, 동백

흐름이 있다

오랜 탈진 끝에 청심환을 삼킨다, 혀끝의 아련한 감촉이 논두렁 밭두렁 길로 미끄러지듯 따라가면 비틀대는 기억의 어린 집 한 채, 열네 살 옛길이 내려와 잠시 머물면, 내삼계리를 돌아 사리암 북대암, 아홉 암자를 제집처럼 열심히 오르내린다, 먹장삼 속으로 수없이 번지던 고행의 씨앗들, 그 어린 비구니 다시 세상 밖으로 흘러 흘러갔을 테지만, 서른한 번째 동안거에 드는 여울목, 그 배꼽 아래쯤에서 입 악다무는 깨달음. 수행은 아주 멀리 떠나는 것만 아니었구나, 멈춰선 이 자리가 도량임을. 눈물처럼 꽃 뱀처럼 또아리 트는 몸 안팎으로도 여전히 긴긴 흐름이 있다.

콧등치기 감자옹심

아우라지 가는 길 불꽃 긴 터널 같다
영동고속도로 막 벗어난 42번 지방도로
마음 한켠처럼 너풀대는 단풍잎 피하느라
과속 차량들 갑자기 느리게 움직인다
흔들리는 풍경들 점점 가늘어지다 휘어지며
어느새 길의 끝 보이지 않는다
비탈길 거슬러 오르자 고개 너머의 사행천
그 굽은 등줄기마다 아롱다롱 목매달은 어제의 生들
섬뜩했던 전율들이 한 폭 액자에 가두어지고
가슴 무너져 내리던 절벽이 거기서도 가로막힌다
이렇게 돌아갈 길, 왜 그리 급했을까
풍경에 온통 마음 뺏기며 느릿느릿 브레이크 밟다보니
산비탈 아래서 아라리, 아우라지 뱃노래 들린다
정선읍, 이곳도 어느 세월에 골목만 복잡해졌는지
어수선한 삶의 풍경속에 끼어 앉아
콧등치기 감자옹심 한 그릇 사먹는다
우리 생도 누구의 콧등을 치면서
저 옹심처럼 질기고 쫄깃한 맛 낼 수 있을까

메밀 올 다 퍼올리기도 전 양은그릇 가득히
동강 석양이 후루룩 묻어난다
수몰에서 비켜선 저 강처럼 우리 내일도 언제나 여전할지
길이 지쳐 단풍 이불 덮고 잠든 비탈 자리에
노을이 아이 얼굴처럼 붉게 태어나
깊어진 물굽이 저 끝끝까지 생의 폭죽 한 줌 펑, 펑,
불꽃놀이로 쏘아보낸다

첫물, 끝물

끝물이라 한다

입장으로 들어서자 십 년 세월의 바깥이 발 아래로 오
종종 흩어졌다 다시 밟힌다 나 당신은 보내지 않을래요,
힘들게 고백하는 손가락 사이로 생의 포도즙 번진다 사랑
은, 움켜쥘수록 으깨지는 거봉알인가

희미했지만 그 사랑 첫물이었을까, 밀리듯 광장을 빠져
나와 우리는 도둑고양이처럼 매복에 들었다 하낫 둘, 하
낫 둘, 하나아… 인기척이 사라졌을 때 비로소 어스름 속
에서 제 모습 드러내는 검푸른 송이 송이들, 눈을 감았어
도 번들거리는 푸른 燈이 젖은 달빛에 베인 나의 입술 훔
치고 있었다 잘 여문 첫물을 제것마냥 따먹으며 당당했던
우리, 그때 무엇에 목이 메었던가

시동을 걸 때,

끝물도 달다며 늙은 아낙이 얼른 상자를 들이민다 이런
탕진도 다시 사랑일 수 있을까, 맛이나 보라며 건네는 터
진 거봉 한 알을 빨며, 요 알맹이처럼, 그대 허울 부여잡

고 긴 겨울 날 수 없어 놓아버렸다고, 얼버무리듯 꽉 잡은
손 위로 첫물인 그가 하얀 속살 드러내며 웃는다 어떤 사
상도 단물을 다 빼먹으면 구둣발에 밟히는 쓰레기야, 살
아보기 전 그 생 누구도 모르는 거라고

선운사 동백

나무의 상처가 꽃일까
꽃 속에 집이 보이지 않는다
꿀벌들이 붕붕거리고
흰 붕대를 풀어내리는 백목련이
동백숲을 에워싼다.

이제 막 피어나는 저 어린 꽃봉오리들
어디가 아픈지,
붉은 상처마다 깊숙이
벌들이 침을 놓아주고 있다

청량사 배롱나무

설법당 아래 잎 다 떨군 배롱나무
모두 비워낸 듯 빈 가지 활짝 벌려
몸 가득 부처님 말씀 받들고 서 있다
만산홍엽은 이미 外經으로 죄다 붉었다 지고

이무기 다 되었는지 단청 지운 木魚며
하늘구름 옮기다 잠깐 쉬는 雲版이며
큰 북 치다 버려두고 가는 대숲 위 솔바람 소리며
하늘 한 자락 오려낸 보자기에 모두 싸들고
지금 막 일주문 나서 세상 나들이 가시는 이

그 걸음
되짚어올 때까지 기다리려나
겨울잠 든 배롱나무

노고산동

신촌역 못 미쳐 신영극장 맞은편에서 내렸네
대중목욕탕 골목 끼고 슈퍼마켓 지나
골목길 돌아 오르면 보이는 붉은 벽돌집
뭇별들이 내려오는 그 종탑에서 서울 생활 시작했네

내 나이 열아홉,
서울은 팔팔 올림픽에 들떠 있었고
나는 김승옥의 '서울, 1964년 겨울' 을 읽고
'생명연습' 을 읽고 '건' 을 읽고
'무진기행' 을 읽고 '염소는 힘이 세다' 를 씹어 먹었네

다시 봄이 오고, 잘난 애인은 매일 도서관 앞에서 선동
을 주도하고
그 현기증나는 원형계단 앞에 나를 종종 앉혀놓기도 했네
대자보를 썼네, 어머니가 가르쳐주셨던 그 붓글씨체로
누런 광목에다 유성으로 휘갈겼네
아무 쓸모없던 내가 순간 반짝반짝 빛나기 시작했네
'가자 북으로, 오라 남으로!'

그러나 아무 곳으로도 오가고 싶지 않았네
차라리 저 무진으로, 아니 아카시아 향 휘날리는 노고
산 숲에 숨고 싶었네

고백컨대 그대가 늘 건네주던 논장커버의 사회과학서
적보다
그대의 키 작은 앉은뱅이 책장에 꽂혀 밑줄도 쳐진
먼지 나는 랭보의 시가, 보들레르의 산문이 좋았네
저 어스름 녘에 말없이 번지는 아카시아 향처럼
내 어지러운 마음 열어주던 노고산길

몽산포

꿈꾸는 산 어디에다 감춰 놓았을까
夢山은 보이지 않고 늦가을 햇살 등에 지고 두어 마리
거북구릉들 바다에 막 앞발 담그고 있다
이미 절반쯤 수평선 너머로 제 그리움 걸쳐놓고
꼬리에 묶인 밧줄 온몸으로 흔들어 보는
방파제 안쪽의 저 작은 배들

어장막인지, 널빤지로 잇댄 두어 채 횟집과
슬레이트 지붕에도 돌을 얹어 키를 낮추는 집들,
부둣가엔 어한기의 어부들 몇
물이끼 검게 낀 그물을 털고 있다
저 낡은 구덕살로도 거친 바다에 생을 펼치면
만선의 꿈 가득 채울 수 있을까

금방 잡아온 듯 그물코에서
은빛 바다 살점을 떼어내며 어부아낙이
해풍이 실어보내는 햇살을 한사코 밀어낸다
늙은 부부의 굽은 등 너머로 몇 평 비닐돗자리를 펴고

바싹 마른 멸치떼가 철지난 세월의 파도를 물고 밀려오면
몽산은 차라리 꿈꾸듯 포구 앞에 엎드린
저 작은 섬일까

그 너머의 바다가 갑자기 아득해 보인다

저녁 풍경
— 청룡사에서

키 큰 은행나무 두 그루가 마주보며 서 있다
잔가지 사이 단칸방으로 얹은 저 까치집
겨울 나고 있을 새끼들 보이지 않는다
세월이 우레로 스쳤는지
이승의 마지막 거품 토하는 고사목 한 그루,
저 임종을 고요로 버려둔 채 다들 어디로 갔을까
허물어지다 만 석탑 아래 잔뜩 움츠린 개 한 마리
낯선 발자국 소리에도 짖지 않는다
가까이 다가가니 이 부처님도
구름털 머리 가득 뒤집어쓰고 좌선 삼매坐禪 三昧네
문득, 요사채 안쪽에서 곱게 늙은 여승
공양 바구니 들고 절마당 질러오는데
등 뒤로 꿈틀꿈틀 푸른 용 한 마리 날아오르며
저녁연기 슬며시 하늘로 감아올린다

겨울 마곡사

세월로 초입처럼 마음 꼬불꼬불하다
지름길을 닦고 있는지, 잘라낸 산비탈 저쪽까지
산속 폭설이 너의 옛 모습 뿌옇게 지운다
해탈문 지날 때, 그 짧은 통과의례에도 우린 심하게 흔
들렸다
극락교 앞에서 잠시 멈칫거리다 계곡 사이로 접어들면
그 많던 물고기들 다 어디로 갔을까
살얼음 아래로 졸졸 흐르는 개울물 내려다보며
단풍을 업고 건너던 너의 맨 종아리를 떠올린다
발신인도 수신인도 하얗게 얼어버린 겨울의 얼굴
어디선가 본 것 같아 극락교 아래로
떠내려오는 명부전 저쪽 쳐다본다
뒤편 떡갈의 숲 이미 동안거에 들었는데
서늘하게 이어지며 너의 울먹임 아직도 살아
또 다른 봄으로 넘어가도 흔들릴 징검다리 사이에 끼인다
머뭇거리는 나에게
눈보라 귓불 때리며 어서 가라고 소리친다
네가 추억 저 너머에서 떠내려 온 은빛 물고기라고.

2월, 무창포

인적을 휩쓸고 아득하게 썰물 밀고 나간 자리
두툴한 가슴 갯바닥이 아무렇게나 드러나 있다
군데군데 뿌리까지 다 읽히는 바위들
그 사이로 젊은 부부가 아이 하나를 데리고
바다의 무엇을 가르쳐 주고 있는지
서로의 입김이 정겹다
그래도 아직 해동이 멀었다고
막 밀물로 돌아서는지 찬바람에 물결 출렁인다
봄을 기다리는 것은 바다가 길을 낸다는
이 해안뿐은 아니겠지
물 고인 웅덩이에 한두 잎 해초가 새파랗다
어쩜 나도 해초처럼 따뜻한 바닷물에
잠길 날 기다리는지

겨울 은적암

나무들 해탈하듯 무소유의 열반에 들었다

스님 한 분 그 눈길 화두 찍으며 내려와서

세상의 번뇌 만나려 녹슨 쇠다리 건넌다

이제 은적암은 저 혼자 동안거 중

누가 먼 길 일부러 온대도 헛걸음일 뿐

저 고요 못내 겨워서 솔잎 더욱 파랗다

제3부
다시 후진하며

기지개를 켜다

슬그머니 가려워지는 몸 밖의 온기,

햇살일 줄이야

案山 줄기 따라 가늘게 흔들거리는 하늘과 빨랫줄 사이

눈부시게 펄럭이는 흰 러닝셔츠,

그것이 눈물일 줄이야

지난겨울 동침한 너도 긴 몸살 끝내고 밖으로 나와 허
물 벗는구나

가파른 골목길 기어오르는 사내의 여윈 등 뒤에서도

오르르 봄 햇살 몰려와 온몸으로 기지개를 켠다

다시 후진하며

들 가운데로 뻗은, 좁은 시멘트 외길을 간다
경적도 없이 반대편에서 타이탄 한 대 막아서는데
비킬 갓길이 없다
주춤주춤 차를 겨우 논두렁 옆에 붙이려는데
자꾸만 빵빵거린다
어떤 생이 그리 급한가?
차 한대 비집고 지나갈 공간을 만들어 주었는데도
앞차는 다시 후진하라고 손짓에 고함까지 지른다
다시 후진하면 생은 또 얼마나 밀릴 것인가
시동을 걸고 나도 안 비켜줄 생각을 한다
목마른 자가 샘을 판다든가,
한참이나 후진으로 큰길까지 밀려나오면서
지나온 생 또한 얼마나
후진의 연속이었던가를 돌이켜본다
내 생의 후진 또한 남보다 조금 늦을 뿐
언젠가 목적지에 당도할 수 있으리라는
확인되지 않는 쓸쓸한 소망 하나 가져본다

해미읍성

이교도의 머리채
통째 둘러묶었던 나뭇가지
어깨에서 툭, 잘려나간
몸통뿐인 회화나무가
칭칭 철사줄 감긴 옆구리를
제 상처로 내보이며 서 있다

엽차로 쓰려는지
감잎 줍는 할머니 한 분,
늦가을 햇빛은
모퉁이마다 자글자글 끓고
창검을 부딪히며 훈련하던 그 자리엔
동네 아이들 몇 모여 발야구 한다

무너진 성벽 위로
자욱한 담쟁일 부여잡고
부활한 영혼인 듯 안개 막, 기어오르고
그 너머로
두건 쓴 억새꽃무리 출렁인다

당진, 왜목리 지나

해무에 일출을 보지 못 하려나 했더니
돌아서는 등 뒤로 갑자기 파도소리 소란스럽다
어젯밤 푸른 술독에 빠진 해 늦잠 자는데
부시럭거리며 바다산이 연신 하품을 한다
붉은 해 떠받치고 있는 저 길다랗고 뿌연 손
순간, 오래 품어온 외경 하나가 심장에 고동친다
절망할 것이 또 무엇 있는가,
그리움의 끝자락이 해무 속에 잠겨 자꾸만 아련해진다
기사식당에서 줄지어 서서 해장국을 말아먹고
큰길 피해 외딴 산비탈 길로 돌아선다
가을 추수 끝난 지도 한참 지난 들판엔, 벼 그루터기
꽁꽁 언 논바닥 위로 한 뼘씩이나 자라나 있고
누런 억새들, 언 손을 호호 불어대며 재잘거린다
뒤돌아보지 않으려는데 자꾸만 마음문 가까이 철썩이
는 바다
못내 논두렁 옆으로 차를 멈추면
바지락이며 굴 광주리를 길목에 내어놓고
해돋이 여행객을 부여잡는 바닷가 사람들,

한철 살아내는 삶의 방법들이 아릿하다
그 풍경을 따라 끝없이 이어지는 방조제를 달리다 보니
아침 햇살을 받은 인공호수가 느린 디딤채로 춤을 춘다
아 저 금은빛 세례!
저 비늘햇살 한데 모아 이 절망 또 견뎌볼거나.

눈 갠 아침

가지 사이로 까치가
이리저리 자국을 옮길 때마다 사태지듯
환한 눈 알갱이가 햇살 속으로
자욱히 풀어져 내리지만
그게 안타까운지 까치가 연신 아침을 쪼고 있다
눈에 파묻혀버리는 먹이 탓일까
몇 십 년 만의 폭설이라고 순백으로 도장한
새차들이 대문 앞까지 배달되어 있네
눈썹을 매단 눈사람 태우고
골목길 빨리 벗어나야 할 텐데
대출 받으러 가셨다가 미끌어지신
낙상자리 더 쑤시는지
할아버진 아직 기동조차 못하시고
그 안절부절 다 메꾸느라 언덕 저 쪽 솔밭까지
눈꽃 반짝거리며 햇살 무더기로 주저앉힌다
텅 빈 허기 힘으로 날아오르는지,
기르지 않는 새들의 허공이 오늘은 유난히 깊다

사막 뉴타운

문명이 잠시 비껴선 자리다
북아현 텃밭에서 상추와 겨자를 뜯으며
내 몸속으로 침입하는
세척되지 않은 바람을 맞는다

하루 세 끼 양식을 위해
문틈으로 파고 들어온 저 바람을 만나
간혹 세상 풍문 듣곤 하지만
당신에게선 늘 살기 낀 바람이 동행했다

누군가의 희생을 담보한 저 문명은
자연을 내다판 것
내 한 평 텃밭을, 일용할 양식을 내다판 것
삶의 양식이 아닌, 죽음 부르는 생명담보의 양식

텃밭에 물을 주는 이 경계 너머
번뜩이는 눈과 창칼 벼른 이빨들 도사리고,
모래사막에 바벨탑을 쌓는다
지금 서울은

건넌방*
— 1989년 봄

한 식구 또 한 식구가 비닐하우스를 등졌다
겨우내 모질게도 버텨내던 하루살이들
법원 청사의 그늘이 너무 깊었나
꽃마을은 진종일 검은 연기에 휩싸이고
완장 낀 낯선 철거반의 회오리 속에
옆집 희망이네도 앞집 샛별이네도 떠나갔다

아지랑이 만취한 서초동 꽃길 따라
生死와 키재기하는 법원 길로 들어서면
빚처럼 술술 불어난 변호사 사무실 신축공사장
아버지의 푸른 나날 켜켜로 쌓아올린
저 높은 곳의 소망, 울음 쌓은 성채의 꿈이
아직은 한숨 속으로 무너질 때가 아닌데,
언제부턴가 빈사람 수만큼 민들레꽃 피어나고
포클레인 굉음에 무서워 잠 못 드는 밤
건넌방 아이들은 저 아래로 늘어난 고층 불빛
말없이 바라본다

* 1980년대 말부터 1990년대 초까지 서초동 꽃마을에서 대학생들이 운영했던
공부방

봄병

봄은 볼륨높인 저 스피커 소리로 터지는지
온통 야외무대가 된 북한산 모퉁이
등 굽은 노인 한 분이
오물더미 뒤지며 빈 병을 줍고 있다

떠나려는 관광버스 차창엔
봄꽃 낭자하게 흩날리는데,
겨우내 쌓인 홧병
한나절 봄빛으로 몽땅 씻어내려는지
숲은 터져나오는 생의 아우성 소리로 가득 차오른다

한 보자기 병을 싸들고 고물상으로 간다
손주놈은 알고 있을까?
세상의 병들 짊어지고
뉘엿뉘엿 봄꽃 지듯 사라지는 삼신할머니

2010년, 서울 시민

얼굴 박힌 신분증을 통과시키고 엘리베이트에 오른다
문이 열리고 10층, 머리 위에서 감시카메라가 돌아간다
돈 세고 강의하고 사랑할 때도, 화장실 가고 회의하고 잡
담을 나누어도 감시의 눈이 언제나 내 뒤통수를 살피고
있다
지하철을 탄다 삑, 내린다 삑, 마을버스에 오른다 환승
입니다, 종점에서 내린다 삑, 하루생활이 어김없이 어딘
가에 입력된다 저당 잡힌 자유, 우리는 시스템 속으로 이
동하는 드러난 수배자다

루이비똥, 린

딸아이의 성화에 못 이겨
육 개월 된 골든 리트리버를 분양받았을 때
당신은 야, 똥개라고
느닷없이 허공을 향했다
그래도 좋아라 꼬리치는 저 분양견을
영 짝퉁마냥 불편하게 생각했다

한 달 지나자
어이, 똥개! 라고 먼저 손 흔든다
우우-, 자세 낮추고 앞발로 지긋이 응답하는 저 충성심!
마릴린 먼로의 자태로 주인 마음바닥 흔든다

입양한 지 삼 개월
황금빛 리트리버는 딸애의 작은 털옷을 걸쳤다
텔레비전에 명품 된장녀가 등장하자 벌떡 일어난 당신
오오 된장녀, 루이비똥! 소리쳤다.
똥개는 드디어 루이비똥이 되었다
우아한 직모로 늘 눈꼬리치는 우리 집 최고 명품
루이비똥, 린

청년이었던 당신에게

비닐 천막 속에서 당신의 풀어진 손마디 꼬옥, 잡아봅니다. 막걸리를 벌컥, 들이키고 쓰러진 당신의 붉은 손가락 끝에서도 흰 목련이 피었던가요? 눈이 맑은 청년은 죽지 않는 것이라고요. 싸늘한 죽음을 옆구리에 둘러찬 驛숨에는 가는 비가 내립니다. 삼삼오오 아무렇게나 쓸려가는 저 꽃잎들이여, 우리 어느 역 어느 광장의 바다에서 다시 환생하여 이마에 붉은 꽃 가득 피울 수 있을까요?

그날도당신은취했었죠33번째입사원서를찢으며이제고향따위속이는거짓원서는다시쓰지않아도된다며힘차게움켜쥐던그주먹그웃음소리는차라리통곡이었죠대리가되면보란듯이목련꽃핀고향집에도내려가동네막걸리잔치도벌이고먼저간오월녀석에겐소주잔뜩먹이는걸로살아남은자의슬픔조금덜어보겠다던그32번째행운그무지개빛꿈이정말한여름밤의꿈이될줄은미처생각지못했어요

광장에는 어느새 요란한 빗소리 들리고, 전광판 속으로 낯익은 건물들이 흔들립니다. 청년은 벌써 죽고, 시들어

가는 목련꽃 옆에서 수천의 청년이 또 가방을 꾸리는데
어디로 흘러가는지 까물거리는 심지만이 불안한 밤을 밝
힙니다.

당신은 아시나요, 이렇게 잠 못 드는 이유를.

폭설

십수년만의 폭설로 구례쯤에서 길이 막힌다
눈이 길을 끊어놓을 수 있다는 이 통쾌함
방송은 되풀이해서 세상 저 쪽 눈사태를 알린다
그 많은 길도 차들도 완전히 숨죽인 여기,

전황을 생방송하는 여대생의
휴대전화는 이미 겁에 질려 있다
애써 책장을 들추며 호흡을 가다듬는 청년과
담배 피워 물고 기차 안팎을 자꾸 들락거리는 사내,
객차 안의 어수선한 심리를 끝까지 비집고
호두과자며 음료수를 가득 실은 수레가
이쪽 생을 파고든다

시간이 경과할수록 저쪽 침묵의 파고波高가
1미터씩 까마득히 쌓이고,
저물기 전에 지켜야 할 약속도
눈 속에 갇히고 마는데
지금 막 저 눈밭으로 내려서는 그는 누구일까

조롱꽃

서운산 둔덕길 가 작은 무덤 하나 엎드려 있다

"천 것 쌍년 바우덕이, 세월 잘도 만났어"

촌로의 매멸찬 시선 너머 안성남사당 바우덕이 묘

한세상 좋이 바람 팔던 잡풀 같은 삶이여,

억새 서걱이며 찬바람 맞아 미친 듯이 나부끼고,

그 아래 개울 주렴 펴고 어린 소녀 울며 앉았다

큰 재주 오금 저려도 뒤돌아 수군대던 사람들아,

무덤도 천것이라 억새꽃밭을 손가락질할까?

바우덕 조롱꽃 생이 하얀 속내 피워 문다

담양 지나며

대밭에서 푸른 빗소리가 들린다
후두둑 떨어지는 죽음의 빗살

"조금만 더 벌면 누이를 학교에 보낼 수 있겠지?"

목구멍 속에서 툭툭, 끊어지다
가늘게 이어지는 울음 마디, 마디를 자르며
철벅철벅 힘든 노동을 이어가는 낯선 청년의 등이 아름
답다

어둠 밀려오자 처마 밑으로 하나 둘 등을 구부리고
외로움과 설움 한 가피를 나눈다
뿜어내는 불꽃 속에 촉망받던 방글라데시 청년의 꿈은
한 줌 재가 되어 떨어지고
인근 농가에 갓 시집온 어린 필리핀 처녀가
밤새 끙끙 신음소리를 낸다

겁 없이 소주에 취해버린 푸른 눈의 이방사내들은

양념처럼 얼마간의 흥분과 두려움을 흩뿌리며
대나무의 미끈한 다리를 하나씩 더듬고 눈물 훔친다

코흘리개 친구들 다 떠난 고향 대밭
어느새 톱날을 들고 죽부인의 가는 허리 싹둑 분지르는
낯설고도 친근한
남지나 해의 검푸른 파도소리 들린다

운수 좋은 날
— 캄보디아에서

원 달러, 원 달러!
귀청 따갑도록 이방인에게 구걸하는 아이들
인솔자의 거듭된 주의에도 불구하고
어머니는 기어코 십 달러를 건넨다

"운수 좋은 날을 만들어주고 싶었어."

땡큐를 남발하는 아이보다 더 행복해하는 어머니
갑자기 머릿속이 하얘진다
어머니가 賢者처럼 보인다
순간, 오랜 응어리로 남아
군림하고 괴롭히던 金錢의 찌꺼기들이
하나 둘씩 똔레삽을 따라 떠내려간다

"하느님은 한쪽 문을 닫으시면 다른 쪽 문은 열어놓으
신다"

죽음의 그림자도 잠깐 쉬러 갔을까?

까르르르, 흑진주로 빚은 저 천상의 웃음꽃들이
원숙하게 노 저어 달의 몸속으로 들어간다
앙코르, 그 오래된 사원의 서쪽 문이 열린다

제4부
幼年 일기

다시 蘇萊에 와서

유년의 끊긴 철로가 소금밭을 지키고 있었다

등 굽은 어머니 손 마디마디엔 가난한 이승의 삶들이
철로처럼 피멍들고, 포구의 물은 동지섣달인데도 출렁이
고 있었다 거친 손 따숩게 지난 그 자리엔 어스름안개 몰
려와 소금밭을 간질이고, 蘇萊는 먼저 등진 내 아버지가
개밥바라기별이 되어 반짝, 반짝 위성 통신을 쏜다.

"데레사, 데레사야, 네 탓이 아니다"

'울면서 한세상' 이라하셨던 요셉의 파도가 수평선을
하얗게 긇이고, 어느새 내 손등 위로도 뚝, 뚝 떨어지는
내 아버지 개밥바리기별.

그리운 별 아래
— 식도에서

이제 내 마음의 망명정부에는 별은 뜨지 않고

해안선 밝히는 街燈만 외롭게 깜박이는데

정박한 배들은 바람난 그 불빛 아래

幻影처럼 파들거리는 짙은 그리움 펼쳤구나

미처 내 모르는 세상 경계 이쪽과 저쪽 끝

어둔 밤하늘로 生의 그물을 던져

멸치배 가득 파란 혼불 밝히실 나의 아버지

경보 사이렌을 뚫고, 칠흑 같은 저 어둠을 뚫고

오늘밤 다리 놓아서 그 별빛 밟아 오시려나

붉은 토끼城
— 幼年 일기 · 1

　慶州 金氏가 모여 사는 순지리 외가는 붉은 이끼 낀 기와와 검붉은 벽돌이 유난히 많았습니다 운문산 하늘 아래 무인등대처럼 우뚝 솟은 그 붉은 城에 아침햇살이 내리비치면 빨치산이었던 동재 아저씨 절뚝이며 꼬맹이들 당산나무 앞에 불러 모으고, 동화책에도 나오지 않는 이름 모를 영웅들의 이야기 전설처럼 들려주었습니다 집 뛰쳐나가 까까머리 여중 되었다 붙잡혀온 막내이모 밀짚모자 푹 뒤집어쓴 채 탁아소 앞에서 봉지분유 나눠주고, 재봉틀로 긴긴 어둠자락 깁는 벙어리 옥이 언니와 새벽녘이면 슬그머니 호박엿 재봉틀 옆에 떨어뜨리고 사립문 나서는 엿장수 아재, 공부하러 멀리 외국 갔다 천주교 신부 되어 돌아온 인수 오빠… 우리들의 城에는 모두 모두 합쳐서 백 집도 넘었습니다. 방학이면 도회에 사는 아이들 놀러와 토끼장이라고 놀려댔지만 나는 그 이름이 좋았습니다. 혹 외삼촌이 고기 잡으로 갈 때면 덜컹대는 어망 위에서 大川에 핀 키다리 물꽃들 이름 부르다, 小川에 제멋대로 자라라는 키 작은 들꽃들 이름 지어 주다, 반짝반짝 뒤통수 따라오는 토끼城의 유난히 빛나는 赤햇살과 눈싸움 하다 꼬르륵 잠들었습니다.

미술 시간
— 幼年 일기 · 2

어떻게 저 강변을 팔절지에 다 담지?
한줄기 빛이 강물 위에 물수제비 뜬다
옳거니, 살아 춤추는 저 햇살을 그리는 거야
이 세상에 빛이 없다면 삶의 존재도 없을 테지?
아이가 받아 쥔 햇살의 부피,
햇살 속 작은 宇宙를 유심히 들여다본다

하지만 그것은 금지된 자유였다
『춤추는 햇살』은 저승의 幻影처럼 따라다녔고
그날 후, 나는 묵은 화구를 강물에 띄워보냈다

운문댐, 그 후

그해 겨울, 운문 지서와 우체국 옆으로 검은 아스팔트 공사가 시작되고, 구름마을은 입 큰 물귀신의 먹이가 되었습니다. 마을 한복판에 매달린 둔중한 종소리가 온 들판에 울려퍼지면, 자전거를 타고 깔깔거리던 그 플라타너스 길도 지도에서 영영 사라져 버렸습니다. 벙어리 옥이 언니는 청도 다방으로, 건장한 몸뚱이뿐인 삼촌은 부산 바닷가로 일자리를 찾아 떠났습니다. 늙으신 할머니는 이곳에 뼈를 묻겠다고 통곡했지만 아버지는 도회의 불빛을 따라 달렸습니다. 어린 동생이 아무리 멀미를 해대도 어머니는 반응이 없었습니다. 차창으로 유난히 많은 불빛들이 모여들어 은하수를 만들었습니다.

강에서 떠밀려온 농사꾼에게는 더 이상 눈물이 없었습니다. 하루치의 낯선 노역이 끝나면 남은 외로움은 때 묻은 지폐 한 장으로 꼭꼭 숨겨두었습니다. 하늘도 숨죽인 빌딩숲에 당도하면, 호주머니 속 꼭꼭 눌러쓴 숫자들이 사라진 고향 들판처럼 아득하였습니다.

화 석

강물 속으로 游泳하는 한 세월을 만져본다

강바닥을 포옹하며 제 육신의 흔적 떼어

흐르는 물이 되고픈 돌멩이의 한 소망

그 순간, 은어떼들 파르르 몰려와

고향땅 指紋으로 문문히 되살아나고

가시꽃 한 줄기마다 천년 아린 사랑이 핀다.

雲門, 극락교

때로는 내 모든 것을 내던져버리고 싶은 절망
새 주차장 길을 닦고 있는지, 갈아엎은 저쪽 텃밭까지
먹장구름이 멀미하듯 흔들거렸다
처진 소나무 앞에서 잠시 헛기침하다
요사채 앞마당을 기웃, 하면
빗속에 야위어가는 어린 비구니
먹장삼 훌훌 벗고 함께 건너자던 저 하늘 끝, 구름다리는
한세월 견뎌내는 단단한 갑옷으로 바꿔 입고
외부인 출입 금지를 못 박았다
신도증 없인 갈 수 없는 이 극락교 입구에서
얼마나 많은 속죄의 영혼들이 멈칫, 멈칫거렸을까?
물길 속에서 아직 허우적대는 저 어린 솔가지들,
힘껏 손을 뻗어보지만
다시는 돌아오지 못할 것에 대한 기다림과 희망이
황톳물로 흘렀다

무안 지나며

이대로 멈춰 한 폭 그림 되어도 좋은 날
외딴 산 속 가랑잎 같은 절집 만나면
문득 먼 옛날로 돌아가는 듯한 착각!

오래도록 명부전 주위 맴도는
한 마리 나비처럼
파릇파릇 연잎들
누런 일기장 속으로 피어난다

다잡아 버텨보려고 몇 날 며칠 찍던 佛心印
노스님은 왜 그때 내게 눈웃음만 지었을까

삶에 대한 조그마한 변명

살아 눈 뜨는 아침, 저 투명한 햇살들
재빠르게 메시지 입력 후 문지방 너머로 사라진다
"개똥밭 굴러다녀도 이승이 좋다" 그런 류겠지.

서른 살,
짧은 생애,
기나긴 변명이다
스위치를 눌렀는지 매미는 불에 덴듯 울고
난 이제 변명을 넘어 습관적 삶에 반란한다.

금붕어 이야기

아이는 흰 비닐봉지 속 딱부리금붕어 두 마리를
은빛 유리어항에 옮겼다
딱부리에게 계속 밀어를 건네는 아이의 꿈,
다음날 싸늘한 주검이 되어 떠올랐다
투명한 비닐의 사랑이 검은 하수구로 떠내려가는 데는
단 하루도 걸리지 않았다

어릴 적 아버지는 밤새 낚아온 화금붕어 두 쌍을
뒤뜰, 흙으로 빚은 장독 속에 풀어놓았다
"아빠, 우리도 잘 보이게 예쁜 유리어항에다 키워요?"
"안 된다, 저들도 비밀이 있는데 우리가 훔쳐보면 곤란
하지?
밤에는 이불 속에서 뽀뽀도 하고 사랑도 나누는데
우리가 귀찮게 굴면 불면증에 걸려서 금방 죽게 돼"
아버지는 밤이 되면 금붕어가 잠든 독방에
바람이 잘 통하는 삼베이불을 덮어주었다
이른 아침 그 삼베이불을 걷어 젖히면
붕어가 햇살 속으로 은빛 기지개를 켜고 튀어 올랐다

어젯밤 사랑을 나누었을까?

한 마리, 두 마리, 나의 숫자 세기는 시작되었다

그런 어느 날, 햇살이 장독의 볼록한 배를 가르며 지나
갔다

"아빠, 아기 붕어가 태어났어요!"

"이제 넓은 제 집으로 데려다 줘야겠구나."

뻐끔 뻐끔, 입 안 가득 햇살을 담아

장독대 뒤의 개나리 꽃망울을 하나 둘씩 터뜨리는 금붕
어의 웃음을

아버지는 온갖 풀꽃들이 잔치를 벌이는 錦川에 놓아주
었다

野生의 장터에서 금붕어가 바람난 듯 터뜨리는 저 수많
은 웃음꽃들,

안부를 묻다
— 영화 〈체인질링〉을 보고

이 영화가 끝날 즈음, 아버지
당신이 그 자리에 서 있었으면 좋겠습니다
꿈일지라도 한번만 데레사야, 하고
내 이름 불러주었으면 좋겠습니다

"엄마가 너무 보고 싶었어요!"
하얀 자막을 응시한 순간, 기억은 스크린을 덮고
거기 어둔 사각의 필름처럼 펼쳐져 있는
한 컷의 절망과 만났습니다

이 세상에 슬픔 아닌 것들은 없는 것이어서
모두가 한 번쯤은 뒤바뀐 운명의 거미줄에 빠져
어둔 뒷골목을 헤매 다녔다는 것도, 또한
사랑이란 어떠한 유혹에도 흔들림 없이
저리도 절절히 몸 흔들며 진실을 곧추세우는 일이라는
것도
그 주인공의 운명 안타깝게 바라보며 눈물짓는
우리네 평범한 객석과 같다는 것도 깨달았습니다

어딘가에서 슬픔에 사랑에 몸 떨고 서성일
당신 안부를 묻듯 예기치 않은 눈발이 퍼붓고
극장 밖으로 길들이 흘러갑니다
어젯밤 야윈 얼굴 한 장이 흔들거리며 뒤를 따릅니다

예정된 것이 아무것도 없는 새벽녘, 거짓말처럼
당신이 너무 보고 싶습니다

요셉의 집, 雲門

언제나 그곳에 있었다
생의 질주들이 다투어 속력을 높이는 신작로 아래
손 뻗치면 가닿을 虎踞山* 아래에 누워있었다

책 무덤 속에서 혁명을 노래하던 이십대가 가고
삼십대의 바람이었던 한 시절이 바람으로 흩어져
迷惑에도 걷잡을 수 없이 흔들릴 때
저기 스스로 살아나는 봄빛으로 아름다운 雲門에서
언제나 안절부절 서 있었다

한 사람의 질긴 인연에 멀미를 하면서도
돌아서면 그리운 게 핏줄이었던 것처럼
댐 속으로 수몰된 고향 옛길 더듬으며
아버지의 낮은 자장가를 들으며
아장아장 일어서는 초록들을 본다

* 경북 청도에 있는 운문산 줄기.

장마 끝

오랜 장마였습니다

웃통이 빠져나간 삽과 호미를 볼 때마다

당신의 근육이 가볍게 출렁입니다

서툰 삽질에도 웃고 있는 당신의 이빨이 튕겨 나오네요

벗겨진 화장, 거짓말처럼 슬쩍 빠져나간 언어들

당신의 生과 나의 生을 조금씩 뜯어다가

구석구석 구멍 난 우리 사이를 땜질해 봅니다

모처럼 편안해 보이는군요

한 열흘, 세상 밖에서 마구 자라난 뭇 사내의 잔뿌리가

당신의 서늘한 입가에도 묻어납니다

이제는 돌아가야지요?

기억으로 가 닿는 시간의 풍경들

유성호
(문학평론가, 한양대 교수)

1. 존재론적 기원 탐색의 시쓰기

손정순 시인의 첫 시집『동해와 만나는 여섯 번째 길』
(작가, 2011)은, 등단 10년 만에 펴내는 만산晚産의 결실
이다. 시인은 그동안 자신의 몸과 마음 속에 담아두었던
오랜 시간들을 '길'의 은유와 '기행' 형식으로 엮어냄으
로써 자신의 첫 시집을 아름답게 꾸렸다. 여기서 말하는
기행에는 두 가지 목표가 함유되어 있다. 그 하나가 공
간 이동을 통한 다양한 풍경과의 접속이라면, 다른 하나
는 오랜 시간의 회상을 통해 다다르는 존재론적 기원 탐
색이다. 특별히 시인은 자신을 규정해왔던 기억들을 통

해 자신의 존재론적 기원origin을 깊이 탐색하고 재구성하는 시쓰기를 보여준다. 이러한 지향은 낭만적 충동과 회귀 의식을 동시에 관철하면서, 그녀 시집으로 하여금 강렬한 서사narrative 충동을 견지하게끔 하고 있다. 우리는 그녀 시집의 이러한 외관과 실질을 통해, 구체적 시공간을 삶의 은유로 바꾸는 반듯하고 정통적인 서정시의 모습을 확인하게 된다.

두루 알다시피, 서정시는 지나간 시간에 대한 기억과 현재적 응시를 통합한 순간적 점화點火의 기록이다. 이러한 속성을 두루 갖추고 있는 손정순의 첫 시집은 유년기의 성장통(痛), 젊은 날의 방황, 삶의 깊은 자각 과정 등을 두루 온축하면서 아름다운 존재론적 서사를 완성하고 있다. 누구든 첫 시집에는 자신이 살아온 내력과 성장통을 갈무리하는 것이 보통인데, 손 시인 역시 자신의 내력과 가족사를 통해 오랜 시간 흔들려온 자신의 가파른 기원을 재구성하고 있다.

이 길지 않은 글은, 이렇게 그녀가 걸어온 길을 따라가 보고, 그녀가 기억하는 시간의 깊이를 들여다봄으로써, 그녀 시편의 발생론적 기원을 살펴보려 한다. 이때 우리는 한 여성시인의 몸과 마음과 영혼 속에 각인된, 기억으로 가 닿는 아름다운 시간의 풍경들을 발견하게 될 것이다.

2. 기억의 미학, 존재 확인의 아득한 순간

먼저 우리가 살필 수 있는 손정순 시의 제일 음역音域은 기억의 미학에 있다. 그것은 젊은 날에 관한 사실적 기록을 바탕으로 하면서, 그것을 고통과 방황과 그리움의 풍경으로 전이시킨 아름다운 화폭이라 할 수 있다. 시인은 시집 첫머리에서 "사람의 길을 버리고 내 마음의 풍경을 따라 길을 나선"(「시인의 말」) 오랜 세월을 고백하고 있거니와, 아닌 게 아니라 이 첫 시집은 "무성했던 지난날과 흔들리는 그대 이름"(「존재」)을 적극적으로 호명함으로써 그녀 스스로의 '존재'를 확인하려는 일종의 자기 확인 서사라고 명명할 수 있을 것이다. 시집의 표제작이기도 한 다음 시편은 이러한 그녀 스스로의 존재 확인 의지가 담긴 뚜렷한 실례이다.

가곡佳谷은 골짜기 골짜기마다에 이름 어울리는 문패를 매달고 지도에도 없는 바람소리 물소리 실어 나른다 여행지 어느 안내판에도 적혀 있지 않은 저 단풍! 계곡의 아름다움 직접 제 눈으로 마주치게 한다 마음으로만 밟고 오르라고 온통 불붙는 절벽 사이 비집고 지나가면 너머가 풍곡風谷일까 한 줄기 바람이 골짜기 아래까지 서늘한 생각 잇대놓는다

길은 이곳에서 저곳으로 이어지는 생의 한 이동일까 무
얼 만나려 우리 그 풍경 위에 서는가 이 길 다 벗어나 어느
굽이에 또 불붙는 절경 만들며 우리 삶의 한 구비 접게 될
는지, 아득하므로 꼬리만 끊어놓고 사는지 어느새 사곡蛇
谷, 차가 뱀꼬리 물고 돌아서자 갑자기 여섯 번째 길 끝 동
해와 마주친다 그 바다 또한 해답 없는 질문처럼 아득하게
펼쳐져 있다

—「동해와 만나는 여섯 번째 길」 전문

동해를 찾아가는 구비에서 만난 아득한 풍경을 그린
시편이다. 골짜기마다 이름에 어울리는 문패를 달고 있
고 지도에도 없는 소리들을 실어 나르는 그곳에서, 화자
는 늦가을 단풍과 계곡의 아름다움을 서늘하게 바라본
다. 이때 화자가 읊조리는 "길은 이곳에서 저곳으로 이
어지는 생의 한 이동일까" 하는 질문은 '길'로 비유된
인생론적 드라마로 연결되면서 그 풍경 위에 서서 누군
가를 만나려 해온 화자 스스로의 삶을 질문하게 한다.
그 존재론적 길 위에서 화자는 또 만나게 될 삶의 한 구
비를 상상하면서 깊은 생각을 이어가는데, 가곡佳谷과
풍곡風谷을 지나 사곡蛇谷에 이르렀을 때 갑자기 마주치
게 된 "여섯 번째 길 끝 동해"는 마치 해답 없는 질문처
럼 그녀의 실존을 아득하게 감싼 채 펼쳐진다. 이렇게

‘길’로 은유되는 생의 한 끝에서 그녀는 몸속에 마음속에 영혼 속에 새겨진 “길들이 말없이 지워지는 소리”(「변산 지나며」)를 쓸쓸하고도 아름다운 실존의 기록으로 보여준다. 또한 그녀는 “산다는 것은 이산에서 저산으로 불붙는 한 그리움”(「방태산芳台山」)임을 느끼면서, 자연 사물들이 ‘길’ 위에서 “저희들끼리 수런대는 수천의 밀어”(「복사꽃 진자리」)를 오래도록 듣는다. 그래서 그녀 시편에는 눈부신 눈꽃 풍경도, 숨어서 아름다운 바다 풍경도, “적묵법積墨法”(「개골산 진경」) 같은 자연의 풍경도 속속들이 등장하여 우리를 아득하게 한다. 오랜 ‘길’ 위의 풍경 속에서 이렇게 그녀 시편들이 심미적 부조浮彫를 얻고 있는 것이다.

오랜 탈진 끝에 청심환을 삼킨다, 혀끝의 아련한 감촉이 논두렁 밭두렁 길로 미끄러지듯 따라가면 비틀대는 기억의 어린 집 한 채, 열네 살 옛길이 내려와 잠시 머물면, 내삼계리를 돌아 사리암 북대암, 아홉 암자를 제집처럼 열심히 오르내린다, 먹장삼 속으로 수없이 번지던 고행의 씨앗들, 그 어린 비구니 다시 세상 밖으로 흘러 흘러갔을 테지만, 서른한 번째 동안거에 드는 여울목, 그 배꼽 아래쯤에서 입 악다무는 깨달음. 수행은 아주 멀리 떠나는 것만 아니었구나, 멈춰선 이 자리가 도량임을. 눈물처럼 꽃뱀처럼 또아리 트는 몸 안팎으로도 여전히 긴긴 흐름이 있다.

—「흐름이 있다」 전문

시편 제목인 '흐름'은 손정순 시집의 일관된 문법을 새삼 확인시켜준다. 자신의 첫 시집에서 이토록 한 곳에 머무르지 않고 끊임없이 흘러가는 시인도 드물 것이다. 그만큼 그녀는 길 위를 흘러가고, 시간 속을 흘러가고, 기억 속을 한없이 흘러간다. 그 "긴긴 흐름"이 그녀의 현재에까지 여전히 이어져 그녀의 기억을 아득하고 깊게 하는 것이다. 시의 화자는 탈진에 이를 정도의 오랜 흐름 끝에 "비틀대는 기억의 어린 집 한 채"에 가 닿는다. 시간적으로 말하면 일종의 퇴행regression일 이 회상 형식 속에는, 열네 살 옛길이 내려와 머물고, 암자를 오르내리며 먹장삼 속으로 번졌을 어린 비구니의 "고행의 씨앗들"도 흩날리고, 동안거에 드는 여울목에서의 깨달음과 수행도 펼쳐지고, 자신이 멈춰선 이 자리가 도량임을 깊이 알아가는 화자의 자각 과정도 있다. 성속일여聖俗一如의 깨달음이 "눈물처럼 꽃뱀처럼" 몸 안팎으로 잠겨오는 순간이 아닐 수 없다. 그렇게 펼쳐진 "긴긴 흐름"이 바로 시인 손정순을 젊은 날의 방황과 고통으로부터 치유하고 구원하고 있는 것이다.

비유적으로 말해 시간은 '흐름'이라는 형상으로 경험

되고 기억된다. 우리는 시간을 물리적 실재가 아닌 '흐름' 다음의 사후적事後的 흔적을 통해 인지할 수 있을 뿐이다. 그래서 시간은 저마다 다른 경험 속에서 재구성될 수밖에 없으며, 우리는 상이한 시간 경험 방식에 따라 시인들의 고유한 지향을 알게 된다. 손정순 시인은 지난날에 관한 아픈 기억들을 바탕으로 고통과 방황, 상처와 그리움의 시간을 재구성함으로써, 고유한 자기 확인의 서사를 펼쳐내고 있다. 이를 통해 그녀는 스스로의 존재 확인을 가능케 하는 풍경들을 응시하고 발견하고 표현하고 있는 것이다.

3. 젊은 날의 사랑, 아름다운 성장 서사

그런가 하면 이번 첫 시집에 들어 있는 또 하나의 확연한 풍경은 젊은 날의 사랑과 그리움에 대한 각별한 기억의 서사에 있다. 시인은 "이런 탕진도 다시 사랑일 수 있을까"(「첫물, 끝물」)라면서 자신의 젊은 날이 통과해 온 사랑의 기억을 아프게 재현한다. 아닌 게 아니라 이번 시집은 사랑으로 가득 출렁였던 시간의 성장 서사이자, 이제는 스스럼없이 결별할 수 있는 젊은 날에 대한 아름다운 헌사이자, 새로운 시작(始作/詩作)의 순간을

승인하는 다짐의 기록이기도 하다. 다음 작품은 그러한
젊은 날의 사랑과 성장 서사를 꼭꼭 눌러 담은 회상기일
것이다.

신촌역 못 미쳐 신영극장 맞은편에서 내렸네
대중목욕탕 골목 끼고 슈퍼마켓 지나
골목길 돌아 오르면 보이는 붉은 벽돌집
뭇별들이 내려오는 그 종탑에서 서울 생활 시작했네

내 나이 열아홉,
서울은 팔팔 올림픽에 들떠 있었고
나는 김승옥의 '서울, 1964년 겨울'을 읽고
'생명연습'을 읽고 '건'을 읽고
'무진기행'을 읽고 '염소는 힘이 세다'를 씹어 먹었네

다시 봄이 오고, 잘난 애인은 매일 도서관 앞에서 선동
을 주도하고
　그 현기증 나는 원형계단 앞에 나를 종종 앉혀놓기도
했네
대자보를 썼네, 어머니가 가르쳐주셨던 그 붓글씨체로
누런 광목에다 유성으로 휘갈겼네
아무 쓸모없던 내가 순간 반짝반짝 빛나기 시작했네

‘가자 북으로, 오라 남으로!’
그러나 아무 곳으로도 오가고 싶지 않았네
차라리 저 무진으로, 아니 아카시아 향 휘날리는 노고
산 숲에 숨고 싶었네

고백컨대 그대가 늘 건네주던 논장 커버의 사회과학 서
적보다
그대의 키 작은 앉은뱅이 책장에 꽂혀 밑줄도 쳐진
먼지 나는 랭보의 시가, 보들레르의 산문이 좋았네
저 어스름 녘에 말없이 번지는 아카시아 향처럼
내 어지러운 마음 열어주던 노고산길

— 「노고산동」 전문

시인의 기억은 "내 나이 열아홉"이라는 시간과 "노고
산동"이라는 공간으로 향한다. 그때 그곳은 '역驛'과
'극장'과 '대중목욕탕'과 '슈퍼마켓'과 '골목길'로 이
어진 "붉은 벽돌집"의 종탑으로 연결된다. 그곳에서 시
작한 화자의 서울 생활은 올림픽의 화려한 불빛 아래서
김승옥 소설을 읽으면서 지탱된다. 김승옥 소설 목록은
고스란히 화자의 '겨울'과 '연습'과 '기행'과 '힘'을 쌓
아올린 시간의 은유로 채택된다. 이때 화자와 사랑을 나
누었던 사람은 '봄'과 '선동'과 '원형계단'과 '대자보'

를 각인하면서 아무 쓸모없던 화자를 순간 반짝이게 한 존재로 등장한다. 하지만 화자의 무의식은 화려한 구호의 대자보에서 끊임없이 뛰쳐나와 '무진'으로 '노고산 숲'으로 향했다. 그가 전해준 "논장 커버의 사회과학 서적"보다 앉은뱅이 책장에 꽂힌 "랭보의 시가, 보들레르의 산문이" 더 좋았던 기억 속에서 그녀는 한없는 낭만적 탈주와 키 작은 앉은뱅이 같은 서정을 키워가고 있었다. 말없이 번지던 아카시아 향처럼 처음으로 화자의 마음을 이렇게 열어주었던 그 노고산길은, 낭만과 어스름의 오랜 세월들을 통과하여, 지금도 시인의 깊은 기억 속에, 빼곡한 책들처럼, 밑줄 쳐진 시와 산문처럼 남아 있는 것이다.

이러한 고통의 기억들은, 책 무덤 속에서 혁명을 꿈꾸다가 광장에서 고향으로 숨어들었다가 군대로 끌려갔던 한 청춘에 대한 기억으로 이어져 "한참이나 눈멀고 귀먼 사랑"(「그 여름, 三溪里」)을 했던 시인의 젊을 날을 환기한다. 아마도 그 사랑은 손정순 시편의 가장 근원적이고 강렬한 에너지로 배면에 깔려 있을 것이다. 또한 세상을 향한 긍정적 기억과 대상을 향한 가없는 마음을 시인으로 하여금 가지게 한 근본 동력이었을 것이다. 그만큼 그녀에게 '사랑'이란 쓸쓸함과 그리움으로 드러나는 불가피한 자신의 존재 형식이 아닐 수 없다. 이는 "사

랑이란 어떠한 유혹에도 흔들림 없이/저리도 절절히 몸
흔들며 진실을 곧추세우는 일"(「안부를 묻다 - 영화 〈체
인질링〉을 보고」)임을 알아간 시인으로 하여금 "그대 정
말 한 사람 그리워 울어본 적 있는가?"(「마량포구」) 하는
강한 울림의 언어를 발화하게 하는 강렬하고도 가장 깊
은 존재론적 원질인 것이다.

한 식구 또 한 식구가 비닐하우스를 등졌다
겨우내 모질게도 버텨내던 하루살이들
법원 청사의 그늘이 너무 깊었나
꽃마을은 진종일 검은 연기에 휩싸이고
완장 낀 낯선 철거반의 회오리 속에
옆집 희망이네도 앞집 샛별이네도 떠나갔다

아지랑이 만취한 서초동 꽃길 따라
生死와 키재기하는 법원 길로 들어서면
빚처럼 술술 불어난 변호사 사무실 신축공사장
아버지의 푸른 나날 켜켜로 쌓아올린
저 높은 곳의 소망, 울음 쌓은 성채의 꿈이
아직은 한숨 속으로 무너질 때가 아닌데,
언제부턴가 빈사람 수만큼 민들레꽃 피어나고
포클레인 굉음에 무서워 잠 못 드는 밤

건넌방 아이들은 저 아래로 늘어난 고층 불빛

말없이 바라본다

—「건넌방 – 1989년 봄」 전문

올림픽이 끝난 그 이듬해, 시인은 스무 살이 되어 '건넌방' 곧 서초동 꽃마을에서 대학생들이 운영했던 공부방에 서 있다. 대자보 활자에서 건넌방으로 옮겨온 그녀는 이때의 기억을 자신을 성장케 했던 가장 중요로운 고통 가운데 하나라고 노래한다. 시의 화자는 그곳 사람들이 하나하나 떠나고 겨우내 버텨내던 삶들도 사라져간 기억들을 떠올린다. 철거반원의 회오리와 검은 연기에 휩싸이던 풍경들, 그것은 좋은 세상에 대한 열망을 순식간에 무너뜨리고 아이들 이름인 '샛별'과 '희망'도 속절없이 무너뜨린 강렬한 것이었다. 아지랑이 핀 꽃길 따라 '법원'과 '변호사 사무실 신축공사장'의 위용이 들어서고 어느새 "아버지의 푸른 나날 켜켜로 쌓아올린/저 높은 곳의 소망"과 "울음 쌓은 성채의 꿈"도 멈추어 선 그해 봄의 풍경은, "포클레인 굉음"으로 상징되는 폭력을 증언하는 동시에 "건넌방 아이들"과 함께했던 시인의 젊은 날의 순간을 아름답게 기록하고 있다.

이렇게 손정순 시편에는 사회적 타자들을 향한 안타까움과 연민 그리고 그들과 함께 했던 시간들에 대한 간

절한 기억이 강하게 서려 있다. 외국인 근로자로 와서 "철벅철벅 힘든 노동을 이어가는 낯선 청년의 등"(「담양 지나며」)을 처연하게 바라보거나, "하느님은 한쪽 문을 닫으시면 다른 쪽 문은 열어놓으신다"(「운수 좋은 날 캄보디아에서」)면서 국외자들을 향한 지극한 관심과 사랑을 표현하기도 한다. 이 모든 것이 시인 스스로 지나온 생을 "후진의 연속"(「다시 후진하며」)이라고 고백하고는 있지만, 그 삶이 바로 그녀의 몸과 마음과 영혼을 얼마나 단단하고 아름답게 만들어왔는가를 투명하게 보여주는 사례일 것이다. 그 지극한 성장 서사 속에서, 그녀의 열아홉과 스무 살 풍경 속에서, 우리는 손정순 시학의 발생론적 거점을 다시 한 번 확인하게 된다. 새삼 아름답고 아득하고 깊다.

4. 아버지, 기억의 수원水源

이번 시집에서 가장 먼 기억을 거슬러 올라 만나게 되는 풍경은, 바로 시인의 유년 시절일 것이다. 그 가운데 핵심 표상은 '아버지'다. '아버지'는 깊은 수맥으로 흐르는 시인 자신의 존재론적 근원으로서 "어느새 내 손등 위로도 뚝, 뚝 떨어지는 내 아버지 개밥바리기별"(「다시

蘇萊에 와서」)이나 "어둔 밤하늘로 生의 그물을 던져//
멸치배 가득 파란 혼불 밝히실 나의 아버지"(「그리운 별
아래 - 식도에서」) 같은 원초적 표상으로 홀연 나타난
다. 이렇게 '아버지'를 기억의 수원水源으로 하는 시인의
가족사 및 고향 이야기가 시집 가득 애잔하게 펼쳐진다.
먼저 외가를 중심으로 한 가족사의 한 장면이 다음 시편
에 들어 있다.

　慶州 金氏가 모여 사는 순지리 외가는 붉은 이끼 낀 기
와와 검붉은 벽돌이 유난히 많았습니다 운문산 하늘 아래
무인등대처럼 우뚝 솟은 그 붉은 城에 아침햇살이 내리비
치면 빨치산이었던 동재 아저씨 절뚝이며 꼬맹이들 당산
나무 앞에 불러 모으고, 동화책에도 나오지 않는 이름 모
를 영웅들의 이야기 전설처럼 들려주었습니다 집 뛰쳐나
가 까까머리 여중 되었다 붙잡혀온 막내이모 밀짚모자 푹
뒤집어쓴 채 탁아소 앞에서 봉지분유 나눠주고, 재봉틀로
긴긴 어둠자락 깁는 벙어리 옥이 언니와 새벽녘이면 슬그
머니 호박엿 재봉틀 옆에 떨어뜨리고 사립문 나서는 엿장
수 아재, 공부하러 멀리 외국 갔다 천주교 신부 되어 돌아
온 인수 오빠… 우리들의 城에는 모두 모두 합쳐서 백 집
도 넘었습니다. 방학이면 도회에 사는 아이들 놀러와 토끼
장이라고 놀려댔지만 나는 그 이름이 좋았습니다. 혹 외삼

촌이 고기 잡으로 갈 때면 덜컹대는 어망 위에서 大川에
핀 키다리 물꽃들 이름 부르다, 小川에 제멋대로 자라라는
키 작은 들꽃들 이름 지어주다, 반짝반짝 뒤통수 따라오는
토끼城의 유난히 빛나는 赤햇살과 눈싸움하다 꼬르륵 잠
들었습니다.

—「붉은 토끼城 - 幼年 일기·1」 전문

가족 혹은 가족의 삶이란 누구에게나 가장 깊은 기억
의 뿌리로 작동할 것이다. 또한 가족은 지나온 시간을
직접적으로 거슬러오를 수 있는 가장 중요한 여전한 긴
긴 흐름의 상류上流일 것이다. 이때 시간을 거슬러 오르
는 기억은, 단순하게 과거를 재현하는 행위가 아니라 지
난 시간들을 원초적 경험 형식으로 복원하고 그것을 현
재의 삶과 연루하는 적극적 행위로 몸을 바꾼다. 화자가
견지하고 있는 외가의 기억은 붉은 기와와 벽돌의 색채
로 남아 있다. 운문산 아래 있던 붉은 토끼성에는, "빨치
산이었던 동재 아저씨"가 동화책에도 나오지 않는 영웅
들 이야기를 들려주고, 막내이모는 여승이 되었다가 돌
아오기도 하는 등의 동화적 기억이 짙게 서려 있다. 또
한 재봉틀로 어둠을 깁는 벙어리 옥이 언니, 엿장수 아
재, 인수 오빠 등 다양한 인물들의 만인보萬人譜가 그 안
에 가득 펼쳐진다. 그래서 화자가 기억하는 "우리들의

城”은, 비록 방학이면 도회에서 온 아이들이 ‘토끼장’ 이
라고 놀려대는 곳이기도 했지만, 화자가 그렇게 좋아했
던 ‘토끼城’ 이라는 이름으로 오래 남아 있다. 그곳에서
키다리 물꽃들 이름을 부르거나 키 작은 들꽃들 이름을
지어주거나 했을 때, 그리고 “토끼城의 유난히 빛나는
赤햇살”과 눈싸움하다가 잠이 들곤 했을 때의 기억은 시
편 제목처럼 아름다운 “幼年 일기”로 남아 있는 것이다.
그 다음은 수몰지로 변해버린 고향 이야기를 잔잔하게
펼쳐낸 시편이다.

　　그해 겨울, 운문 지서와 우체국 옆으로 검은 아스팔트
공사가 시작되고, 구름마을은 입 큰 물귀신의 먹이가 되
었습니다. 마을 한복판에 매달린 둔중한 종소리가 온 들
판에 울려퍼지면, 자전거를 타고 깔깔거리던 그 플라타너
스 길도 지도에서 영영 사라져 버렸습니다. 벙어리 옥이
언니는 청도 다방으로, 건장한 몸뚱이뿐인 삼촌은 부산
바닷가로 일자리를 찾아 떠났습니다. 늙으신 할머니는 이
곳에 뼈를 묻겠다고 통곡했지만 아버지는 도회의 불빛을
따라 달렸습니다. 어린 동생이 아무리 멀미를 해대도 어
머니는 반응이 없었습니다. 차창으로 유난히 많은 불빛들
이 모여들어 은하수를 만들었습니다.

　　강에서 떠밀려온 농사꾼에게는 더 이상 눈물이 없었습
니다. 하루치의 낯선 노역이 끝나면 남은 외로움은 때 묻
은 지폐 한 장으로 꼭꼭 숨겨두었습니다. 하늘도 숨죽인
빌딩숲에 당도하면, 호주머니 속 꼭꼭 눌러쓴 숫자들이
사라진 고향 들판처럼 아득하였습니다.

―「운문댐, 그 후」 전문

　　화자는 "그해 겨울"의 수몰을 환하게 기억하고 있다.
물에 잠긴 구름마을을 뒤로 하고 옥이 언니는 청도 다방
으로 떠나고, 할머니의 애타는 다짐과 달리 아버지도 도
회로 떠나셨다. 차창으로 새어든 불빛들이 은하수를 만
들고 강에서 떠밀려온 농사꾼들이 "하루치의 낯선 노
역"을 쌓는 삶으로 때 묻은 지폐를 모아간 시간들을 화
자는 선연하게 기억해낸다. 수몰지의 난민들이 정착한
"하늘도 숨죽인 빌딩숲"의 도회에는 "호주머니 속 꼭꼭
눌러쓴 숫자들"이 사라져버린 고향 들판처럼 펼쳐진 새
로운 곳이었다. 그곳에서 가족들은 "댐 속으로 수몰된
고향 옛길 더듬으며/아버지의 낮은 자장가를 들으며/아
장아장 일어서는 초록들"(「요셉의 집, 雲門」)과 만나갔
을 것이다.

　　이렇게 이 시편은 도회로 쫓겨 온 아버지의 솔가率家
과정을 기층 서사로 한 오랜 시간을 펼쳐내고 있다. 다

음 시편은 바로 그 '아버지'에 대한 가장 애틋한 기억을
담고 있다.

아이는 흰 비닐봉지 속 딱부리금붕어 두 마리를
은빛 유리어항에 옮겼다
딱부리에게 계속 밀어를 건네는 아이의 꿈,
다음날 싸늘한 주검이 되어 떠올랐다
투명한 비닐의 사랑이 검은 하수구로 떠내려가는 데는
단 하루도 걸리지 않았다

어릴 적 아버지는 밤새 낚아온 화금붕어 두 쌍을
뒤뜰, 흙으로 빚은 장독 속에 풀어놓았다
"아빠, 우리도 잘 보이게 예쁜 유리어항에다 키워요?"
"안 된다, 저들도 비밀이 있는데 우리가 훔쳐보면 곤란
하지?
밤에는 이불 속에서 뽀뽀도 하고 사랑도 나누는데
우리가 귀찮게 굴면 불면증에 걸려서 금방 죽게 돼"
아버지는 밤이 되면 금붕어가 잠든 독방에
바람이 잘 통하는 삼베이불을 덮어주었다
이른 아침 그 삼베이불을 걷어 젖히면
붕어가 햇살 속으로 은빛 기지개를 켜고 튀어 올랐다
어젯밤 사랑을 나누었을까?

한 마리, 두 마리, 나의 숫자 세기는 시작되었다

그런 어느 날, 햇살이 장독의 볼록한 배를 가르며 지나
갔다

"아빠, 아기 붕어가 태어났어요!"

"이제 넓은 제 집으로 데려다 줘야겠구나."

뻐끔 뻐끔, 입 안 가득 햇살을 담아

장독대 뒤의 개나리 꽃망울을 하나 둘씩 터뜨리는 금붕
어의 웃음을

아버지는 온갖 풀꽃들이 잔치를 벌이는 錦川에 놓아주
었다

野生의 장터에서 금붕어가 바람난 듯 터뜨리는 저 수많
은 웃음꽃들,

—「금붕어 이야기」 전문

비닐봉지 속 금붕어를 유리어항에 옮긴 아이의 꿈이
하루도 안 되어 좌절한 이야기를 전경前景으로 삼으면
서, 이 시편은 어릴 적 아버지와 화자가 나눈 아름답고
애틋한 "화금붕어 두 쌍" 이야기를 들려준다. 예쁜 유리
어항보다는 "흙으로 빚은 장독" 속에 금붕어를 풀어놓
으셨던 아버지, 금붕어들의 비밀조차 지켜주시려던 아
버지, 밤이 되면 금붕어가 잠든 방에 바람 잘 통하는 삼

베이불을 덮어주시던 아버지, 그 아버지의 섬세하고도 정성스런 시간 때문에 금붕어들은 아침이 되면 "햇살 속으로 은빛 기지개를 켜고 튀어" 오르는 환한 탄력을 가지게 되었을 것이다. 그렇게 금붕어 숫자를 세기 시작한 어느 날, 아기 붕어가 태어났던 그날, 아버지는 넓은 제집으로 그네들을 데려다 주신다면서 "입 안 가득 햇살을 담아/장독대 뒤의 개나리 꽃망울을 하나 둘씩 터뜨리는 금붕어의 웃음"을 금천에 놓아주셨다. 그때 화자는 새삼 "野生의 장터에서 금붕어가 바람난 듯 터뜨리는 저 수많은 웃음꽃들"을 보고 듣게 된다. 그 웃음꽃이야말로 아버지를 환기하는 은유가 아니겠는가. 이렇게 손정순 시인에게 '아버지'는 모든 기억의 원점이자, 자신의 오랜 시쓰기의 회귀적 진원지이자, 가장 아름답고 애틋한 숨결로 살아 있는 존재론적 기원이 아닐 수 없다.

5. 새로운 사랑과 기억을 채워

시인의 의식과 무의식에 깊이 숨겨져 있는 '원체험'은 시인의 언어와 생각을 지속적으로 지펴간다. 모든 시인은 자신의 원체험을 부단히 변형하면서 자신만의 동일성을 구성해간다. 이때 원체험을 변형하는 데 시인의 기억이 활발한 매개 역할을 하는 것은 매우 자연스러운 일일 것이다. 원체험의 파생적 변형이 서정시의 중요한 원리가 되는 것처럼, 손정순 시인에게 시간이란 객관적 실체가 아니라 구체적 기억과 경험 속에 웅크리고 있는 양도할 수 없는 시적 토양이 되고 있다. 그만큼 그녀의 첫 시집은 꼼짝없이 원체험과 구체적 기억에 바쳐져 있는 것이다.

또한 서정시는 지난 시간에 대한 회상과 기억의 형식으로 씌어지고 읽힌다. 그래서 우리는 서정시와 시간이 불가피한 서로의 원질임을 확인한다. 손정순 시편은 지난날에 대한 섬세한 회상과 기억의 형식을 취하고 있고, 과거에 대한 사실적 재현과 함께 시인이 갈망하는 현재적 삶을 담고 있다. 그 결과 우리는 지나온 시간을 '길'의 기억으로 풀어 보임으로써 지난날을 재현하고 지난날과 결별하는 시인의 감각을 목도할 수 있었다. 이 글의 흐름은, 그 기억의 진원지로만 보면, '기행→젊은 날→유년 시절'이라는 역순逆順을 취하여 씌어진 결과이다. 이제 우리는 이번 첫 시집의 풍경들을 지나 새로운 사랑과 기억을 수렴해갈 그녀의 제2시집을 기다려본다. 더 아름답고 구체적인 사람살이로 채워져 갈 '젊은 날' 이후 그녀의 언어를 말이다.